批评与真实

[法] 罗兰·巴特 著

Critique et Vérité

Roland Barthes

温晋仪 译

上海人民出版社

序

这篇序我得写,虽然我不比读者们对罗兰·巴特有更深的了解。本书译者温晋仪两年前走了,只剩下我处理她的遗作。

这个序也是个追忆,多想写一些我爱人当年去听巴特的课时的情景,可是我错过跟她一起去的机会。其实当时巴特就在我附属那个社会科学院授课,正是近水楼台,只因学科有异、兴趣不同,没有陪同她去。

晋仪喜爱中外文学,为了加强欣赏能力,颇为留意当代的文学理论。她还觉得译写其中一些重要文章是对其内容是否有确切领悟的一个测验。巴特的《批评与真实》就是这样译成的。她译作不多,但很认真,她留下的档案里就有三份不同日期的重抄修订稿。翻译过程中,她曾得到挚友Colette Vialle女士的协助和请上海复旦大学徐志民教授代为校订。我谨代表晋仪向他们两位致以深深的谢意。

大约是在译好法国当代哲学家利奥塔(Jean-François Lyotard)的《何谓"后现代主义"》(刊于香港八方文艺丛刊1987年第5期),她就着手翻译巴特这篇文章。我还记得有一个晚上,她给我看她刚译好的一些精彩片段,像下面这两节:

"(众多的历史学者和哲学家)也都曾要求不断重写史学史和哲学史的权利以便使历史事实终能成为一个完整的事实。为何我们就不能赋予文学以同样的权利呢?"

"……人们要我们等待作家过世后才去'客观地'处理他的作品,真是奇怪的颠倒,只有等到作品被神化的时候,我们才应该把它作为确切的事实看待!"

又因为我对语言较感兴趣,她告诉我文中一个很有深意的引述:

"巴布亚人的语言很贫乏,每一个部族有自己的语言,但语汇不断地在消灭,因为凡有人死去,他们便减去几个词作为守丧的标记。在这一点上,我们可胜过巴布亚人,因为我们尊敬地保存已故作家的语言,同时也拒绝思想界的新词新义,在此守丧的特征不是让一些已有的词死去,而是不让另一些词诞生。"

《批评与真实》是法国当代文学批评史上新旧两派一次论战的产品,是巴特对攻击他的一篇文章《新批评还是新骗术》的反击。看来晋仪选译巴特这篇力作,除了它有文献性的价值外,另一原因是她很欣赏作者在他写作中所透露的精神境界:"绝没有权势,只有些许知识,些许智慧和尽可能多一点的趣味。"(《法兰西学院就职演讲辞》)

晋仪是个纯粹的读书人,不受学术上的职责牵累,把译作看成一种练习,从不急于刊印自己的劳动成果。已发行的两三种,也仅由于我和友人的催促、坚持才得见于坊间。所以在她短暂的双五年华里,在文学园地的幽径上,只留下轻盈的足迹。她于 1985 年获取巴黎大学博士衔的论文《两个革命间中国文学里的妇女形象》大约会在年内整理好出版,而那还没译完的米兰·昆德拉的《小说的艺术》怕将长埋在她的一盒一盒的笔记里了。

游顺钊

1997 年 7 月写于巴黎惊弓坡

目　录

第 一 部

所谓"新批评"(nouvelle critique)①并非始于今日。自二次大战结束以后(发生在此时是正常的),我们的古典文学接触了新哲学,获得一定程度的重新评价。论点迥然不同的批评家,以不同的专题论著,将蒙田到普鲁斯特的全部作家,都加以研究过。对此无须大惊小怪,一个国家也经常如此把历史典籍重新阐述,以便**能找出适当的处理方法**,这只是一种例行的评价过程罢了。

　　可是,突然有人指控这个所谓**冒充的运动**[1],抨击它的作品(至少是部分的)为非法,惯性地憎恶及反对一切先锋派作品,认为这些著作在学识上空洞无物,在文字上故弄玄虚,在道德上危殆人心,其所以能流行,全赖趋时媚世。令人惊奇的是这些指控竟是如此姗姗来迟。为何到今天才出现? 是来自一个没有多大意义的反响,还是某种蒙昧主义的反击? 更或者,相反地,是向一种正酝酿显示话语的新形式做初步的抗拒?

　　令人惊讶的是:新近对**新批评**的围剿,是那样快速且带有集团性[2]。其中有某些原始而赤裸裸的东西在蠕动着,使人以为正在目击一个上古社

---

①　"新批评",有人译成"'新'新批评"。这种文学研究特别重视"阅读法"的研究,给予读者一个参与创作的自由。认为作者与读者应共同参加创作的活动,与传统文学批评偏重作者而忽视读者的观点有异。——译注
　　说明:本书脚注均为译注,章后注均为原注。

团围攻某危险事物时的驱逐仪式,因而产生了"处决"(exécution)这个怪字眼[3]。人们梦想**伤害、打垮、鞭打**或**谋杀**新批评,将它拖到**轻罪法庭上示众**,或者是**推上断头台上行刑**[4]。这无疑触及一些生死攸关的关键问题,因为执法者的天下不但被称颂,而且**被感谢、被赞扬**,被当成一个扫荡污秽的正义使者:昔日人们答应给他不朽,今天人们去拥抱他[5]。总之,新批评的"处决"犹如公共卫生打扫工作,必须敢做,完工后反倒使人松了一口气。

这些来自一小集团的攻击,具有某种意识形态的烙印,它们投身在这个暧昧的文化领域,那儿有种经久不衰的政治(与当前的政见无关)渗透在判断与语言中[6]。假如是在第二帝国①的统治下,新批评应该被审判了。它违背了"**科学思想或简单清晰的陈述的基本法则**",这岂不是伤害了理性?它到处引介一种"**胡搅蛮缠、肆无忌惮、玩世不恭的性意识**",这岂不是冒犯了道德?在外国人的眼中,它岂不是"**有损法国研究机构的声誉**"[7]?总而言之,它岂不就是件"**危险**"的东西[8]?运用到精神、语言、艺术方面,**危险**这词立即标明一切落后的思想。其实这种思想时时处于恐惧中(由此产生一切毁灭性形象的总和);它惧怕一切新的东西,常常贬之为"**空洞无物**"(这是它通常对新事物的唯一说法),可是这传统的恐惧,今天却加上了一种相反的恐惧,因此问题更复杂了:看来这是一种时代的倒错,他们又在这种怀疑上增加了些许尊重意味的"**现代的要求**"或"**重新思索批判问题**"的必要性,回避美好而动听的"**回到过去是枉然的**"[9]。这种退化就像今天的资本主义[10]是被视为羞耻的,因此产生这些奇异的矛盾现象。人们有时佯装接受新作品;既然大家都在谈论新作品,他们当然也应当谈论;达到一定程度后,他们又突然感到要群起判决。这些被一些封闭社团间歇性地发起的审判是没有什么稀奇的。在失去某些平衡时,批评便会出现,但为什么独独发生在今天呢?

---

① 第二帝国是指拿破仑三世(1850—1870)时代。

在这个过程中，值得注意的并不全是新旧对立，而是被指为犯上违禁：一种赤裸裸的反动，某种围绕书本的言语，其所不容的是语言可以谈论语言。这种一分为二的言语成了某些机构特别警惕的对象，他们常用一种狭隘的法规加以约束。在文学的王国中，批评家正"保持"警察般的作用，因为一旦放纵，就有蔓延的"危险"：那将使权力的权力，语言的语言成了问题。在作品的第一次写作风格加上第二次写作风格，其实就是打开一条无穷尽的路，玩弄镜子互映的把戏，而这个通道是不可靠的。传统批评的功能是"批判"，它只能循规蹈矩的，也就是说只能依循评判官的趣味，可是真正机构的、语言的"批评"，并不应去"判定"，而是去**辨异、区分**或**一分为二**。批评并不需去判定，只需以谈论语言替代运用语言，就足以显示其破坏性了。今天人们责难**新批评**，并不是因为它的"新"，而是由于它充分发挥了"批评"的作用，重新给作者与评论者分配位置，由此侵犯了语言的次序[11]"。人们自信察觉了反对它的理由，因而自以为有权把它"处决"。

注释

[1] 比卡(Raymond Picard)：《新批评还是新骗术》(*Nouvelle critique ou nouvelle imposture*)，巴黎，J.J.Pauvert，"自由"丛书，1965年，共49页。比卡的抨击主要是针对巴特的《论拉辛》(*Sur Racine*，Seuil，1963)。

[2] 某专栏作家为比卡的毁谤短文作无审察、无轻重、无保留的支持。既然新批评已有一个光荣榜，我们也可以在这里为旧批评立一个：《艺术杂志》(*Les Beaux Arts*，布鲁塞尔，1965年12月23日)，《十字街头》(*Carrefour*，1965年12月29日)，《十字架》(*La Croix*，1965年12月10日)，《费加罗》(*Le Figaro*，1965年11月3日)，《二十世纪》(*Le XXe Siècle*，1965年11月)，《自由的南方》(*Midi libre*，1965年11月18日)，《世界报》(*Le Monde*，1965年10月23日)，还有一些读者来信(1965年11月13、20、27日)，《法国民族》(*La Nation française*，1965年10月28日)，《巴黎透视》(*Pariscope*，1965年10月27日)，《国会杂志》(*La Revue Parlementaire*，1965年11月15日)，《欧洲行动》(*Europe-Action*，1966年1月)，别忘了法兰西学院(Marcel Achard 给 Thierry Maulnier 的答辩，《世界报》，1966年1月21日)。

[3] "这是一个处决"(《十字架》)。

[4] 这就是几个形象的有礼貌的责难："荒谬的武器"(《世界报》)，"以鞭打去调整"(《法国民族》)，"有理的攻击"、"戳穿难看的羊皮袋"(《二十世纪》)，"尖锐的谋杀"(《世界报》)，"精神的诈骗"(比卡，同前引书)，"新批评的珍珠港"[《巴黎杂志》(*Revue de Paris*)1966

年 1 月]，"巴特示众"[《东方》(*l' Orient*)，Beyrouth，1966 年 1 月 16 日]，"拧死新批评，把一些骗子干净利落地斩首，包括巴特，把头头拴住，一把拉下"(《巴黎透视》)。

[5] "我相信巴特先生的作品将比比卡先生的作品衰退得更早"(E. Guitton，《世界报》，1964 年 3 月 28 日)。"我真想拥抱比卡先生，为了您的抨击文章(原文如此)"(Jean Cau，《巴黎透视》)。

[6] "这儿比卡回答了进步分子巴特……，比卡钉住了那些喃喃呓语、以辨读癖好代替古典分析的人。他们以为全人类都如他们那样根据 Kabbale、Pentateuque 和 Nostradamus 的方法去推理。Jean-François Revel 编辑的优秀的"自由"丛书(狄德罗、塞尔斯、鲁日埃、罗素)，会使更多人生气，但肯定不是我们。"(《欧洲行动》，1966 年 1 月)

[7] 比卡，同上引书，第 58、30、84 页。

[8] 同前引书第 85、148 页。

[9] E. Guitton，《世界报》，1965 年 11 月 13 日。——比卡，同上引书，第 149 页。——J. Piatier，《世界报》1965 年 10 月 23 日。

[10] J. L. Tixier-Vignancour 的五百名拥护者在一个宣言中表达了他们的意愿："在一个战斗组织与一个民族意识的基础上继续他们的行动……能够与马克思主义与资本主义的技术统治有效地抗衡"。(《世界报》1966 年 1 月 30—31 日)。

[11] 参见"文学科学化"一节的最后三个自然段。

1. 批 评 的 拟 真

亚里士多德在某种拟真（vraisemblable）的存在上，奠定了模仿言语的技巧。这种**拟真**是传统、圣贤、大众和舆论等积淀于人类精神之中所建立的。**拟真**在作品或言语中，与这些权威没有任何冲突。它并不是注定等于已然（源于历史）或必然（源于科学），而只相等于大众的认可。它与历史的真实或科学的可能，也许完全两样。由此亚里士多德建立了某种大众美学。如果我们把这个方法运用来分析今天的大众作品，或许我们还可以重建我们时代的**拟真**，因为这类作品永远不会与大众的认同脱节，虽然它们大可与历史或科学不符。

只要我们的社会像消费电影、小说及流行歌曲那样开始稍微消费一下评论的话，那么旧批评与大众可能想象的批评便有关联。在文化共同体的层次上，旧批评支配着大众，统治着一些大报刊的文学专栏，最后湮没在一种学术逻辑之中，在这种逻辑中是不允许反对传统、圣贤或舆论的。总而言之，批评的**拟真**是存在的。

这种**拟真**，不以宣布原则来表现自己，既然是**自然如此**（ce qui va de soi），便自信超乎一切方法；相反的，方法是一种怀疑的行动，人们通常藉此自问事物的本质与偶然。尤其是当他们在**新批评**的"荒谬"面前，感到惊讶与愤怒时，人们紧紧抓住**拟真**：一切对他们都显得"怪诞"（absurde）、"荒唐"（saugrenu）、"反常"（aberrant）、"病态"（pathologique）、"疯狂"（forcené）和

"唬人"(effarant)[1]。批评的**拟真**喜爱很多的"事实",可是这些"事实"特别具有规范性,与一般惯例相反,难以置信是来自禁止,亦即危险:分歧变成分裂,分裂变成错误,错误变成罪恶[2],罪恶成为疾病,疾病变成怪物。这规范性的系统既然如此狭隘,就算添加一点点,也会超出它的范围。于是一些条例出现了,这些条例可以在拟真点上感觉到,人们不得不涉及一种批评所谓的**反自然性**(antinature),而陷于一个所谓"**畸胎学**"(tératologie)中[3]。那么,在 1965 年,批评的**拟真**的条规又是什么呢?

注释

[1] 这就是比卡对待新批评的惯用语:"欺骗"、"巧合和荒唐"(第 11 页),"迂腐"(第 39 页),"反常的推论"(第 40 页),"无节度的方法,不准确的、可抗议的和古怪的建议"(第 47 页),"这种语言的病态特性"(第 50 页),"荒谬性"(第 52 页),"精神欺诈"(第 54 页),"充满反叛精神的书"(第 57 页),"过分满足的无定见"、"谬误推理大全"(第 59 页),"狂热的肯定"(第 71 页),"使人惊愕的文字"(第 73 页),"怪诞的学说"(第 73 页),"嘲弄和空虚的可理解性"(第 75 页),"随意的、无常的、荒谬的结果"(第 92 页),"荒诞古怪"(第 146 页),"蠢话"(第 147 页)。我再加上"用力的不准确"、"差错"、"令人发笑的自满"、"刁钻的形式"、"没落官僚的细腻"等等,这不是比卡的指责,而是普鲁斯特在《*Sainte-Beuve*》中的仿作和 M.de Norpois"处决"Bergotte 等人的言论。

[2] 《世界报》的一个读者,以一种奇异的宗教语言宣布新批评的某书"充满反客观主义的罪恶"(1965 年 11 月 27 日)。

[3] 比卡,同前引书,第 88 页。

2. 客　观　性

　　客观性（objectivité）就是那不绝于耳的第一戒律。在文学批评中何谓客观性？何谓"存在于我们以外"[1]的作品素质？这**外在性**（extérieur）是如此珍贵，正由于它可限制批评借以放任自流的荒谬性，又能避免思想的分歧，而使人易于相容，但是人们不断给它不同的定义：昔日是理性、本质、品味等等；昨天是作者生平、"体裁的法规"和历史；而今天人们又另有不同的定义。有人说文学作品有"事实"可循，只要依据**"语言的准确性、心理统一的蕴涵和体裁结构的强制性"**[2]就行。

　　在此，几个不同的幽灵似的模式交织在一起。第一点是属辞典学的：读高乃依、拉辛和莫里哀时，一定要备有凯鲁（Cayrou）的《古典法文语法》（*Français Classique*）在手，当然又有谁曾提出异议呢？但通用的文义又该如何处理呢？我们所谓"语言的准确性"（希望这只是一种反话），只是法语的准确性、辞典的准确性，令人烦恼（或高兴）的是，这一语言只是另一语言的素材，**并非与前者背道而驰**，只不过是充满了不稳定性。你能拿哪种辞典、工具去核对这构成作品第二种深博而又具有象征性的书写语言呢？确切地说，何谓多义性的语言呢[3]？所谓的**"心理统一性"**（cohérence psychologique）也是如此。凭什么标准去解读呢？命名人类行动的方法很多，形容其统一性也有多种方法：精神分析的心理学与行为主义的心理学的内涵已大不相同。其余，最高的根据是"通用"心理学，那就人人均可认同，因而产生一种极大安全感的心理学。可悲的是，这种心理学是依赖我们在学校时所得到的有关拉辛、高乃依等人的知识而形成的。这就再一次让我们以对作者已有的知识来决定作者的形象：多美的重言反复（tautologie）！说《安德罗玛戈》（*Andromaque*）①中的人物是"**狂热的个人，他们激情的狂暴，等等**"[4]是以平庸避开荒谬，当然并不能绝对保证没有错误。至于"体裁的结构"，我们想多知道一点。围绕"结构"一词争论已有百年。结构主义也有多种：生成的、现象学的，等等。还有一种"学院"的，是指作品的"布局"。究竟何谓结构主义？没有方法论模式的援助，如何能寻到结构？悲剧有赖古典论者奠定的法则仍可说得过去，但小说的"结构"又如何？怎样去和**新批评**的"荒唐"（extravagance）抗衡呢？

这些实证，其实只是一些选择。从字面上着眼，第一点是可笑的或非中肯的：作品有字面上的意义，这一点过去没有人提出异议过，将来也不会有人提出，如有需要，语文学可提供我们资料。问题是人们有没有权利在字面意义外，读到与本义无违的其他意义，这不是辞典所能回答的问题，是要在语言的象征本质上下的总体判断。对其他"证据"，也是如此：它们**已经**是一种诠释，因为这已是对一个预定的心理的或结构模式的选择；这个准则——只是许多准则之一——本身可能发生变化。因此所有批评的客观性，并不是依赖准则的选择，而是看它所选择的模式是如何严格地应用到作品的分析上去的[5]。况且这并不是小事。但因为**新批评**并无他说，他们只是把描写的客观性建立在它的统一性上，那就无需向它宣战了。批评的**拟真**通常是选择字面上的符码（code）的，这和其他的选择没什么两样，且让我们看看它究竟有什么价值！

---

① 《安德罗玛戈》：拉辛剧作之一（1677 年），是五幕悲剧，人物是 Toyenne 传说中的人物。安德罗玛戈是 Hecta 的遗孀，被 Pyrrhus 所囚，为救儿子她非答应 Pyrrhus 的求婚不可。结果她佯作答允，婚礼后即自杀。Pyrrhus 的未婚妻 Hermione 要求追求她的欧瑞斯提杀死 Pyrrhus，以此为爱情的见证。欧瑞斯提杀了 Pyrrhus，Hermione 反而疯了，欧瑞斯提也活在梦魇中。此剧是刻画个人如何被激情所困，结果演成不可挽救的悲剧。

有人宣称要**保存词的意义**[6]，总之，词只有一义：那正确之义。这法则带来过多的疑点，或尤有甚者，是形象的普遍庸俗化：有时是纯粹地或简单地禁止〔不能说泰特斯(Titus)谋杀珀累尼斯(Bérénice)，因为她并非死于被谋害[7]①〕；有时反讽地伴装取其书面意义去嘲弄〔尼禄(Néron)的阳光与朱尼(Junie)的泪相连处被归结为一种行动："**太阳晒干了池沼**"[8]②或成为"**天文学的假借**"[9]〕；有时则又要求只认为是一个时代的陈词滥调"**呼吸**(respirer)一词不应作吸气解，因为 17 世纪时，**呼吸是自我舒展**(se détendre)的意思"。这样我们得到了奇怪的阅读指导：读诗不能**引起**联想，禁止从这些简单具体的文字望文生义，如商埠、后宫、眼泪，不管词义是否因年代久远而可能耗损。词失去所指的价值，只剩下商品价值：它只有交际作用，犹如一般商品的交易，而没有提示作用。总之，语言只有一种肯定性，就是其庸俗性，人们经常以它为选择对象。

另一个书面意义的受害者是人物。它成为一种极端的、可笑的观点所产生的结果。它从来没有误解自己或自己感情的权利：托词是批评的**拟真**中陌生的门类〔欧瑞斯提(Oreste)和泰特斯不能自欺〕，眩惑也如是〔叶里菲勒(Eriphile)爱阿基列(Achille)，无疑她从未想象过她是着了迷[10]③〕。这种令人惊讶的人物，关系的明确性并不止于虚构，对批评的拟真者而言，生命本身也是明确的：同样的庸俗性，主宰着书中和现实中的人际关系。有人说可以将拉辛的作品视为一种囚困剧(théâtre de la Captivité)，这是毫无兴味的，因为那是潮流趋势[11]，同样地在拉辛的悲剧中强调力量的关系也是毫无作用的，因为不要忘记一切社会都是权力所建立的[12]。那真是极泰然地对待存在于人间的强权关系了。文学还没有到达麻木的地步，因此它无休止的去评论**难以忍受**的平庸处境，因为正是依赖言语把平常的

---

① 《珀累尼斯》：拉辛剧作之一(1677 年)。Vespasien 王攻陷耶路撒冷，把王后珀累尼斯带回罗马，儿子泰特斯为娶她为后，为国法所不容，结果珀累尼斯自杀而死。

② 尼禄和朱尼，拉辛名剧 *Britannucus* 中的人物。

③ 叶里菲勒和阿基列是拉辛剧作 *Iphigénie* 中的人物。叶里菲勒是 Agamemnon 的女儿。

关系化为基本关系，又使基本关系化为议论纷纷的关系。这样，批评的**拟真**利用小集团去贬低一切：人生的平庸不应揭露；作品中不平庸的，相反地应该平庸化：独特的美学，使生命哑口无言，并且使作品变得毫无意义。

注释

[1] "客观性：现代哲学名词，具有客观性质的东西；存在于我们以外的物体"（Littré）。

[2] 比卡，同前引书，第 69 页。

[3] 虽然我并不想特别为《论拉辛》辩护，但我不能容许别人屡次指责我误解拉辛的文义，如 Jacqueline Piatier 在《世界报》中所说的（1965 年 10 月 23 日）。例如，假使我以为 "respirer"呼吸这一动词含有**呼吸**（respiration，名词）之义（比卡，同前引书，第 53 页），这并不是我忽视了此字的当代词义（**休憩**，sedétendre），正如我曾在别处所说过的（《论拉辛》，第 57 页），而只是词典学的意义与象征的意义并不相悖。在这种情况下，强烈的反嘲弄应是第一义。在这一点上，如在其他很多情况下一样，比卡的毁谤性短文，被拥护者盲目地支持着。若从最坏处看，我只好引普鲁斯特被 Paul Souday 指斥犯法文错误时答辩的那些话来回敬："我的书可能毫无天才的流露；但它至少预示有足够的文化水准，不至于像你指出的那么粗浅的错误。"《书信选》（*Choix de Lettres*），Plon，1965 年，第 196 页。

[4] 比卡，同前引书，第 30 页。

[5] 关于这客观性，可参看下文第 62 页以后。

[6] 比卡，同前引书，第 45 页。

[7] 比卡，同前引书，第 45 页。

[8] 比卡，同前引书，第 17 页。

[9] 《国会杂志》1965 年 11 月 15 日。

[10] 比卡，同前引书，第 33 页。

[11] 比卡，同前引书，第 22 页。

[12] 比卡，同前引书，第 39 页。

3. 品　　味

　　至于其他批评的**拟真**戒律，那就要往等而下之处去了，应该进一步接近那些可笑的审查，加入陈旧的争议，通过今天的旧批评去和前天的尼札尔（Nisard）或勒梅谢（Népomucne Lemercier）等人的旧批评交谈。①

　　如何指出那些禁令（它常常被不加区别地归属于道德和美学）的全部？而古典批评又如何把他们不能归到科学中去的一切价值全纳入其中？就让我们把它称之为"**品味**"（goût）吧[1]。什么是品味所不能谈论的呢？那就是客体。在理论性的言语中，实物被公认为平淡无奇；这是言行失当，不是来自实物本身，而是由于抽象与具体的糅合（类的糅合向来是违禁的）；把**菠菜**（épinards）与**文学**（littérature）相提并论是荒唐的[2]；这是实物与批评的符码语言的距离所引起的诧异。这样最终就出现了一个奇怪的移位：旧批评杰出的文章全都是抽象的[3]，而**新批评**正好相反，因为它探讨实质与实物，似乎是这后者显得不可思议的抽象，其实批评的**拟真**所谓的"具体"只是习惯。是习惯控制批评的**拟真**的品味。对它来说，批评不应以实物（太平庸[4]），也不应以思想（太抽象）为对象，而只应以单一的价值为对象。

　　在此，**品味**是非常适用的：是德与美的共同仆役、美与善的方便的旋转

---

① 尼札尔（1806—1888），法国文学批评家；勒梅谢（1771—1840），法国剧作家。

门,审慎地混合在一个简单的标准中,可是这个标准有一破灭幻影的力量:当批评被指责过分谈论性问题时——应该了解谈论性问题向来都是过分的——,只要想象一下古典英雄具有(或无)性器官,那已是使一"**纠缠的**"、"**连续的**"、"**嘲弄的**"性问题"**到处介入**"[5]。性若能在人物塑造中有一个确切的(非概括的)作用,那就是因为旧批评不曾细察;再说那作用也可随弗洛伊德或阿德勒(Adler)的观点而变化,例如,性在文学中的作用问题,在旧批评的意识中就从来未有过:除了在"我知道什么"(*Que saisje*)丛书中曾浏览过一些,他们对弗洛伊德又知道多少呢?

品味其实就是不准说话。假如精神分析被排斥,那是因为它能说话而不是因为它能思想;如果能够把精神分析归类于一纯医学治疗法,使病患留在沙发上不动(事实上不能如此),那么人们就会像对针灸一样的对它感兴趣。但精神分析却把它的推论扩展到一种最神圣的(人所向往的)人,即作家身上。这对一个现代人还说得过去,但对一个古典作家,像拉辛那样最明确清楚的诗人,那样腼腆的激情[6],应该怎样办呢?

其实旧批评心目中的精神分析形象是非常陈旧的。这个形象是基于一个人体的古老分类法。旧批评所谓的人,其实是由解剖学中的两部分所构成。第一部分,可称之为外上部:艺术的创造者即头部,高尚的外形,可示于人前面,又可看见者;第二部分是内下部:即性器官(不许名状),本能,"**立即的冲动**"(impulsions sommaires),"**官能的**"(organique),"**无名的自动性**"(les automatismes anonymes)和"**阴暗世界的混沌张力**"(le monde obscur des tensions anarchiques)[7]。后者是人的原始性、直接性,前者是演进的,站在统治地位的作者。可是人们不满地说,精神分析把上下内外过分沟通了。再者,似乎更让那隐藏的内下部领先,让它变成在**新批评**中"解释"外显的"上部"的原则,这样人们就冒着一个不能分辨"**钻石**"与"**石头**"的危险[8]。为什么会产生如此幼稚的形象呢?我们想再一次向旧批评解释,精神分析学并不把对象归结为"无意识"[9],因而精神分析批评(由于其他的一些理由,其中也包括精神分析的理由,是可以商榷的)不能被诬指为使文学变成一种"**危险的被动观念**"（conception dangereusement passiviste)[10]。其实正好相反，对精神分析批评而言，作者是**创作**（不要忘记这个词是属于精神分析语言的）的主体；此外，给予"有意识的思想"一个较高的价值，不言而喻的，就是假定"**直接和基本**"（l'immédiat et de l'élémentaire）只有较低的价值，这就犯了将未经证明的判断作为证明议题论据的错误。这些美学道德的对立——介乎一个器官性、冲动、自发、无定形、粗野、晦暗等等的人与一种因节度的表达而变得有意志的、清明的、高尚的、光辉的文学之间——可谓愚蠢极了。就精神分析学而言，人是不能以几何学分割的，而且依照拉康的意见，他的拓扑学谈的不是**内**与**外**的问题[11]，也不是**上**与**下**的问题，而是关于运动的**正**与**反**的问题，确切地说，语言无休止地在改变着作用和始终围绕着某个不存在的东西转动。但这些诉说有什么意义呢？旧批评对精神分析的无知是有浓重的神话色彩的（怪不得它逐渐化为一种迷惑力的东西）：这并不是抗拒，而是一种气质，它顽固地贯穿于各个时代。本达（Julien Benda）早在 1927 年〔而比卡（R.Picard）则于 1965 年〕就说过：[12]"我敢说近 50 年来的文学，特别是在法国，持续不断地在为本能、潜意识、直觉、意志（按德国人的理解，这些词是与智力相对而言的）的至上而大声疾呼着。"

注释

[1] 比卡，同前引书，第 32 页。

[2] 比卡，同前引书，第 110、135 页。

[3] 见比卡论拉辛悲剧所言，《全集》（*Oeuvres Complètes*），Pléiade，卷 I，1956 年。

[4] 其实象征性太强。

[5] 比卡，同前引书，第 30 页。

[6] "我们能否如此明确地建立一种暧昧的新风尚去判断或分析拉辛的天才"。（《国会杂志》，1965 年 11 月 15 日）

[7] 比卡，同前引书，第 135—136 页。

[8] 我们既然在谈石头，何不也引用这珍珠呢："要不惜任何代价去探求作家的困惑，那就是我们会冒险进入'深渊'，在那儿既可能发现一切，也可能犯以石头取代钻石的危险。"（《自由的南方》，1965 年 11 月 8 日）

[9] 比卡,同前引书,第 122—123 页。

[10] 比卡,同前引书,第 142 页。

[11] 比卡,同前引书,第 128 页。

[12] 被《自由的南方》所征引与颂扬(1965 年 11 月 18 日),这是一个关于边达当下声誉可供
探索的小课题。

4. 明 晰 性

　　这是批评的**拟真**之最后一项审查。它有关语言本身，这是我们意料中的。某类语言是批评时所禁止的，暂且名之为"**行话**"（jargons）。唯一认可的是"**明晰**"（clarté）的语言[1]。

　　长久以来，法国社会都认为"明晰"并不是单指口头交际的一种特性，即指各种语言变体的可变动的属性，而是指一种与众不同的言语：亦即某种与法语有亲属关系的神圣语言，正如人们应用古埃及文、梵文或中古拉丁文一样[2]。这里所谈的语言，即被确认为有"明晰性的法语"，原是一种政治语言，它产生于上层阶级——根据人所共知的某种意识形态——欲将他们的书写特点替代普遍性的语言时，并使人相信法语的"逻辑"就是绝对的逻辑——即所谓语言的精髓。法语的语序是主事、动作、被动，这被认为是符合"自然"模式的。然而这种神话已被现代语言学的科学研究打破了[3]，因为法语的"逻辑性"其实与别的语言并没有太多的差别[4]。

　　我们知道得很清楚，法国的语言是如何被我们的语言监督机构所破坏。奇怪的是，法国人不断地以他们能有一个拉辛（只用两千个字写作的人）为傲，却从来不埋怨没有一个自己的莎士比亚。他们直到今天仍以一种可笑的激情为"法语"斗争，以神谕的记载、教会的宣判去抵御外来的入侵，把某些不受欢迎而有影响的词判处死刑。必须不断地对词汇进行清除、剖割、禁止、淘汰或决定保存与否的工作。用医学术语来说，旧批评就此判决不合它意的文字（称之为"病态"），我们可以说这是一种民族病态，有人却美其名曰**语言的净化**（ablutionisme du langage）。我们可让人类心理学去决定所谓语言净化的涵义，但同时也应注意到，这语言的马尔萨斯主义（malthusianisme）是何等的阴森。地理学家巴诺（Baron）说："巴布亚人的语言很贫乏，每一个部族有自己的语言，但它的语汇不断地在削减，因为凡是有人死去，他们便减去几个词作为守丧的标记。"[5]在这点上我们可能胜过巴布亚人，因为我们虔敬地保存已故作家的语言，同时也拒绝思想界的新词、新义。在此，守丧的特征不是让一些已有的词死去，而是不让新词诞生。

语言的禁令是属于知识阶层（旧批评也是其中之一）的小纷争。它所推崇备至的"法语明晰"也只是行话之一。这是一种特殊的言语，是一群特定的作家、批评家、编史家所用的。他们主要不是模仿古典作家，而只是模仿古典主义。这些过时的行话全非以推理准确为要求，或以禁欲主义式的排除形象为标志，犹如一般的形式语言（只有在此我们有权谈到"明晰"），而是被一些僵化的集团所控制，有时别扭过多以至夸大[6]，有时又被某些文句圆转流畅的品味所左右，当然；也如临大敌似的，带着恐慌或嘲讽而回避一些外来而可疑的词语。在此我们又发现了一种保守派，它不愿词汇有任何改变、任何分隔或任何分配：犹如一群蜂拥的人潮冲向语言**金库**，每一个学科（其实这纯粹是学院观念）都分到一个小小的不能逾越的语言领域、术语的圈（例如哲学只能有哲学的行话）。可是划归批评的领域却很奇怪：其特别之处，是外来语不能引入（好像批评家并不要有太多观念上的需求），但由此至少达到了普遍性的语言尊严。这普遍性其实只是**通用**（courant）之义：即弄虚作假，包括一大堆的怪癖和拒绝。所谓普遍又增添了一种特殊，一种由个别业主们组成的普遍性。

我们可以用另一种方式来表达这种语言的自我陶醉："行话"是另一种语言；这另一种语言（即非其他人的），也不是自己的；由此产生了语言的难以忍受的特性。语言一旦被视为不是自己集团的，便被判为无用、空洞、病态[7]，其运用只有肤浅或低下（阿谀谄媚、自满自足）的理由而没有严肃的目的。这样"新批评"的语言对"古批评"来说，一如意第绪语①那么离奇（这样比较也还有待商榷[8]），对此我们可以回答：意第绪语**这种语言是能**学的[9]。**"为什么不能简单明了地说呢？"**多少次我们听到这样的质问，又有多少次我们有权向对方回敬。就算不提圈外人听不懂的、无伤大雅、皆大欢喜的通俗语言[10]，旧批评能否肯定没有其混乱难懂的地方呢？假如我是旧批评家，我是否会有理由要求同行们这样写呢：**不说毕鲁耶（M.Piroué）的法文很流畅**，而代之以**"我们要歌颂毕鲁耶的神来之笔，它能经常以出其不意或恰到好处的表达方式使我们受到刺激"**；或不是简单地名之曰**"愤怒"**，而是代之以**"心的动荡灼热了笔，而使之变成一把杀人的利刃"**[11]。读者对着这支作家灼热的笔，间或是愉快的刺激，间或是阴森森的利刃，会有如何的想法呢？其实，这种语言也只能在被接受的范围内才可谓之明晰。

其实旧批评的文学语言是与我们无关的。我们知道它不能用另一种方式书写，除非它能以另一种方式思考，因为书写也**就是**组织世界，也**就是**思考（学习一种语言就是学习如何用这种语言思考）。要求一个并不想重新思考的人去重新书写，这是无用的（可是批评的**拟真**总是固执于此）。你没有看见**新批评**的行话只是用荒谬的形式镶嵌在平庸的内容中吗？其实这是可以借着除掉构成语言的系统去"简化"一种语言的，也就是除掉构成词义的那些联系。如此，便可以把一切都"译成"克里扎尔（Chrysale）②的通顺的法语：为何不能把弗洛伊德的"超我"归结为古典心理学的"精神意识"呢？**什么？就是这么简单吗？**（Quoi! Ce n'est que cela?）是的。如果把多余的一切都删除的话，就是这样。在文学中**重写**（rewriting）是不存在的，因为作家并不具备一种前语言（avant-langage），以供他在其他一些认可的

---

① 意第绪语（yiddish），东欧、美国犹太人用的语言。

② 克里扎尔，莫里哀名剧《女学究》（*Les Femmes Savantes*）中的丈夫。参见《莫里哀喜剧六种》（桂冠，1994）。

符码中选择一种表达方式（这并不意味着他没有不断地去寻找）。文字是有所谓明晰性的，但这种明晰性与其说与伏尔泰①或尼札尔(Nisard)的现代仿作有关，还不如说与马拉美②所谈的《墨水瓶之夜》(*Nuit de L' Encrier*)更有关。"明晰性"并不是书写的特性，而是书写本身。一旦构成为书写，那就是书写的幸福，因为其中充满了欲求的一切。无疑，对作家来说，受欢迎的各种限制是一个很重大的问题，无论如何这是他选择的。他之所以能接受这些狭窄的限制，就正因为写作并不是借着一种**媒介**(moyenne)与一切可能的读者订定一种容易的关系，而是与我们的语言本身订定一种艰难的关系：一个作家应该主要对言语即其自身的真实负责，而不是主要对《法国民族》(*Nation française*)或《世界报》(*Le Monde*)的批判负责。"行话"并不是一种表面的工具，如人们以一种无用的恶意所暗示的那样[12]。"行话"是一种想象（一如想象那样令人震撼），语言的隐喻化的智慧话语，总有一天会被需要的。

在此我维护的并不是我的"行话"，而是语言的权利。此外，我为什么要谈论它呢？这儿有个很深沉的不安（一个身分的不安），如何能想象既成为某种语言的主人，而同时又需要像维护财产一样去维护它。我是否**先于**我的语言而存在呢？这个**我**是谁呢？是创造语言的主人吗？我怎么能使我说的语言变成一种具有个人简单特性的东西？如何能想象我说话是因为我存在？在文学之外或许可能维持这些幻象，但文学却不容许如此。禁止其他语言只是将你本身排斥于文学以外的一种方法：我们再不能，也不应该像圣马克·吉海丹(Saint-Marc Girardin)那样以艺术的警卫自居，或装腔作势地对其高谈阔论[13]。

注释

---

① 伏尔泰(1694—1778)，19世纪法国文学批评家。

② 马拉美(1842—1898)，法国著名诗人。

[1] 我放弃逐一征引以我为攻击对象的"难以理解的术语"。

[2] 所有这些都曾被 Raymond Queneau 以应有的文笔说过:"这牛顿理性主义的代数,这方便普鲁士的 Frédéric 和苏俄的 Catherine 交易的世界语,这些外交家的、耶稣会士和欧氏几何学家的术语,可以说是整个法语的典范、理想和标准"[《权仗,数字,文字》(*Bâtons, chiffres et lettres*),Gallimard,"思想系列",1965 年,第 50 页。]

[3] 见 Charles Belly《普通语言学和法语语言学》(*Linguistique générale et Linguistigue française*,Berne,Francke,第 4 版,1965 年)。

[4] 古典主义认为法语句法是普遍逻辑最恰当的表达,跟罗瓦雅尔(Port Royal)对于一般性语言逻辑问题的深入观察(这点今天为乔姆斯基所重提),这两者不应混淆。

[5] 巴诺:《地理》(*Géographie*)(哲学教材,Éd. de l' École, p.83)。

[6] 例如:"那天堂的音乐! 它去除一切来自一些叙述 Orphée 打碎竖琴等等的前人著述的成见和一切恼火",以此只为说明 Mauriac 的新作《回忆录》(*Mémoires*)比前人更胜一筹。

[7] 旧批评的代表人物 M.de Norpois 说,Bergotte 的语言"违反文义去排列一些音响铿锵的文字,只为了随后的内容"(普鲁斯特《追忆似水年华》(*A la recherche du temps perdu*),Pléiade, I,第 474 页。)

[8] R.M.Aibérès:《艺术》(*Arts*),1965 年 12 月 15 日(批评的调查)。这种意第绪语看来排除了报纸与大学的语言,因为 M.Albérès 是记者和教授。

[9] 在国立东方语言学校。

[10] "为三色旗(法国)而工作的计划:组织橄榄球队全体前锋如何训练用脚后跟把球踢回己方,再审察界外球问题"[《队报》(*l' Équipe*),1965 年 12 月 1 日]。

[11] P.H.Simon,《世界报》(1965 年 12 月 1 日)和 J.Piatier,《世界报》(1965 年 10 月 23 日)。

[12] 比卡,同前引书,第 52 页。

[13] 使年轻人对《世纪之书》(*livres du siècle*)所传播的**幻象与道德的含混**提高警惕。

5. 说 示 无 能^①

论及一本书时，要讲求"**客观**"、"**品味**"和"**明晰**"，这就是批评的**拟真**，是 1965 年的情况。这些戒律非始于今日：后二者来自古典时代；前者来自实证主义时代。它是由一个分散的体例构成的，是半美学（来自古典的美），半理性（来自"常识"）的，一种介乎艺术与科学之间的旋转门，从而避免完全陷于任何一方。

这种暧昧不明表现在后者这个主张，即似乎掌握着旧批评遗嘱式的伟大思想，亦即所谓的文学"**特质**"（spécificité）中。犹如一小型战争武器对准着**新批评**，人们诬指**新批评**不注意"**文学之为文学的特质**"[1]（dans la littérature，à ce qui est littéraire），或指控它"**把文学视为原始的真实性**"（la littérature comme réalité originale）[2]一样来破坏，但从不解释一种看来是攻不破的重言反复："**文学就是文学**"（la littérature, c'est la littérature）。人们就是这样立刻因**新批评**的忘本而愤怒，以批评的**拟真**的意旨去指斥**新批评**对文学所含的艺术、情感、美与人性[3]熟视无睹，佯装向批评界号召接受一种更新的科学，即集中注意于文学对象"本身"，不依赖其他科学，例如历史学或人类学。这个"更新"其实是相当陈旧的，因为它差不多等于布匀

---

① 说示无能，失去了解符号与象征的能力。

逊(Brunetière)①责备泰恩(Taine)②时所用的同类词语,即责备他太忽视"文学的本质",即所谓"体裁特有的规律"。

尝试建立文学作品的结构是一项很重要的事,有些研究工作者根据一些旧批评所未提过的方法,正从事于此。这是不足为奇的,因为旧批评装成注意结构而又不想成为"结构主义者"(这是一个令人厌烦而应"清除"法语的词)。无疑的作品的阅读应限制在作品的范围内;但一方面我们不知形式一旦展现出来,如何可能避免遇上来自历史或**心灵**(psyché)的内容。总之,是旧批评无论如何都不愿接受的一切**"别的东西"**(ailleurs);另一方面,结构分析的价值比人们所想象的要珍贵得多,因为除了环绕作品纲要所引起的友好闲谈,它只好根据逻辑的模式来构成。事实上,文学的特性问题,只能在普遍符号理论之内提出:要维护作品内在的阅读就非了解逻辑、历史和精神分析不可。总之要把作品归还文学,就要走出文学,并向一种人类学的文化求助。我们怀疑旧批评是否有此准备。对它来说,似乎要维护的只是一种纯美学的特质,因为它要保护作品的绝对价值,不为任何卑下的**"别的东西"**所亵渎,无论是历史也好,**心灵**的底层也罢;它所要的并不是复合的作品,而是**纯粹**的作品,隔断一切与世界和欲望的联系。这是一个纯粹属于道德范畴中腼腆的结构主义模式。

法雷尔(Démétrios de Phalère)③曾这样建议:**"有关众神,就说他们是众神"**(Au sujet des dieux, dis qu' ils sont des dieux)。批评的**拟真**的最终要求也是如此:**"有关文学,就说是文学"**(au sujet de la littérature, dites qu' elle est de la littérature)。这一重言反复不是随便说说的,人们首先佯装相信能谈论文学,可使它成为言语的**对象**④,但这种言语很快就结束了,因为除了说对象就是对象本身外,它对这个对象其实也没有什

---

①　布匀逊(1849—1906),法国文评家。
②　泰恩(1828—1893),法国哲学家、历史学家。
③　法雷尔(1842—1898),法国诗人。
④　objet 前译实物。

么可说的。事实上批评的**拟真**能通往沉默或其替身，**瞎说**。正如雅可布逊（R.Jakobson）于 1921 年已说过的，是一种有关文学史的友善的**闲谈**（causerie）。由于各种禁律的约束，再加上对作品的所谓"尊重"（对作品只作字面上的感知），批评的**拟真**所能表达的是整个审查所留下的一小段言语，只容许肯定对已故作家的监督权，至于用另一种言语来使作品具有多重性，它已失去这种手段，因为它不愿承担风险。

　　总之，沉默是一种告退的方法，然而值得注意的是，作为告辞，也就意味着这种批评的失败。由于它的对象是文学，它应能设法去建立一部作品所能产生的条件，如果不能勾勒出科学的轮廓，至少也应提出一种文学创作的技巧，但它却把对这种调查的关心和"忧虑"留给作家们自己去承担（幸亏从马拉美到布朗肖①对此并未松懈）；就这样，以他们自己的方式，迈向艺术的**客观**真实的过程中，作家们愈来愈认识到，语言是文学的实际性内容。至少我们应该接受批评的解放——它不是科学，而且也不能自许成为科学——以便告诉我们现代人可能赋予过去作品的涵义。人们是否相信拉辛在本文的字面上，能使我们跟他发生关系呢？认真地说，"强烈却腼腆"（violent mais pudique）的戏剧能对我们发生什么影响呢？今天**"傲慢又仁慈的王子"**（Prince fier et généreux）[4]能说明什么呢？多奇怪的语言！人们对我们谈论一个有**"男子气概"**的英雄（却不能有任何性器官的暗示）；这类表达方式，在一些戏谑的模仿中令人发笑：当我们在阅读爱尔贝蒂娜（Albertine）的女友吉赛儿（Gisèle）在她毕业考试时所写的《从索福克勒斯到拉辛的信》（*Letter de Sophocle à Racine*）时，就会读到**"人物都有男儿气概"**[5]之类的话。此外，对同一个拉辛，吉赛儿和安德蕾（Andrée）曾谈及"悲剧体裁"、"情节"〔在此我们又遇到"体裁的规律"（lois du genre）〕，谈及"构思得当的人物"〔即所谓**"心理蕴含的统一性"**（la

———————————

① 布朗肖（1907—2003），法国文学家。

cohérence des implications psychologiques)〕，又提到《阿塔丽》(*Athalie*)①并非"爱情悲剧"〔同样，人们告诉我们《安德罗玛戈》(*Andromaque*)并非爱国剧〕，等等[6]，这不是旧批评又是什么？人们教导我们的批评词汇是四分之三世纪前一个少女准备毕业考时所采用的词汇，可是，从那个时候以来，又有了马克思、弗洛伊德和尼采等人的学说，再说，费弗尔(Lucien Febvre)、梅洛-庞蒂②也都曾要求不断**重写**史学史和哲学史的权力，以便使历史的事实能成为一个完整的事实。为什么我们就不能赋予文学同样的权利呢？

这沉默、这失败，如果不能解释，至少可用另一种方法说明。旧批评是一种心绪的牺牲者，这就是语言分析者所熟识，而被称为"**说示无能**"[7]的毛病。它不能感知或支配象征，即所谓意义的共存现象。在它来说，象征的功能是一种能使人建立思想、形象和作品的非常普遍的能力，一旦超越语言狭隘的理性应用，这种功能就受到纷扰、限制和审查。

无疑地，不依据象征也可以谈论文学作品，这有赖于人们所选择的视角，且须预先说明。就算不谈那庞大的、由历史所引发的各种文学制度[8]，只着眼于作品本身特有的范围，我当然可以从演出方法的角度去研究《安德罗玛戈》，或者根据涂改的笔迹来研究普鲁斯特的手稿，我无需去相信或不相信文学作品的象征性：一个患失语症的人大可以编织藤篮或者从事细木工作。但一旦要根据它的组成去研究作品本身时，就不可能不在一个较大的范围内提出象征性阅读要求。

这就是**新批评**所做的事。人人都知道，今天它是公开地从作品的象征性质和巴什拉(Bachelard)③所说的意象的澄清。可是，在别人最近跟它引发的争论中，从来没有人想到象征，因而要讨论的应该是一种明显象征性

---

① 《阿塔丽》，拉辛的最后一部悲剧作品。

② 费弗尔(1878—1956)，法国历史学家；梅洛-庞蒂(1908—1961)，法国哲学家。

③ 巴什拉(1884—1962)，法国哲学家。

批评的自由度与限制性。人们肯定了字面意义的专权,但从没有暗示象征也可以有它自己的权利。这或许不是字面意义乐意留给它的若干剩余的自由。字面意义的排挤象征或者反而容许它共存,作品是字面意义的,抑或是象征意义的? 或者更如兰波所说,"**是字面的,同时也是全面的意义**"[9](littéralement et dans tous les sens)。这应是争论的重点所在。《论拉辛》一书的分析,是完全依附某种象征性的逻辑,这也正是该书序言所申明的。应该从总体去争论这逻辑的存在或可能性〔如人所说,这对"**争论的升级**"(élever le débat)是有利的〕,或者提出《论拉辛》的作者没有好好地去实践这些成规——当然这应该是会被诚心接纳的,尤其是在这本书已出版两年,距离写作日期已六年之久的时候。这是一个很独特的阅读心得:争论一书的枝节,而不试着去了解人家写作的总体计划,简而言之即意义(le sens),是多么可笑! 旧批评使我们想起了那些翁泊澹(Ombredane)所说的"老古董",他们第一次看电影时只看鸡儿穿越村中的小广场。把字面意义看成绝对王国,继而以一个不是为它而设立的原则,出乎意料之外地去争论每一个象征,这是没有道理的。你会去责备一个中国人(因**新批评**的语言看起来就是一种奇特的语言)**在说中国话时**犯了法语的语病吗?

总之,为什么会有对象征听而不闻、**说示无能**这种现象呢? 在符号中象征有什么威胁呢? 作为书的基本的多元意义,为什么会使环绕着它的言语感到危殆? 再者,这些问题为什么独独发生在今天呢?

注释

[1] 比卡,同前引书,第 117 页。

[2] 比卡,同前引书,第 104、122 页。

[3] "……这个新批评非人道和反文学的抽象"(《国会杂志》,1965 年 11 月 15 日)。

[4] 比卡,同前引书,第 34、32 页。

[5] 普鲁斯特:《追忆似水年华》(Pléiade,卷I,第 912 页)。

[6] 比卡,同前引书,第 30 页。我显然从未把《安德罗玛戈》看成爱国剧;这些分类与我无关——别人这样明确地谴责我。我只谈到《安德罗玛戈》剧中的神父的形象,就是这么一回事。

[7] H. Hécaen 和 R. Angelergues《语言的病理学》(*Pathologie du langage*)(Larousse，1965，第 32 页)。

[8] 参见《论拉辛》,《历史或文学?》第 147 页以下(Seuil，1963)。

[9] 兰波的母亲不理解《地狱一季》(*Une Saison en Enfer*),他在信中对她说:"我想说我所说的,不但是书面的,而且是全面的。"(《全集》,Pléiade,第 656 页)。

第　二　部

对一个社会来说，没有什么比语言**分类**（classement）更重要了。改变
分类，变化言语，就是一场革命。两个世纪以来，法国古典主义
（classicisme）以其书写的分离性、层阶性及稳定性为特征。浪漫主义革命
本身就是为了扰乱这种分类。然而差不多近百年来，无疑的是，始自马拉
美，我们的文学地位正经历一次重要的调整：交换、渗透和融合，因而产生
文字（écriture）的双重功能，也就是诗学与评论的功能[1]。不只是作家本
人去当批评家，他的作品也常常显示它产生的条件（例如普鲁斯特的作
品），或者甚至显示这种不产生的条件〔对布朗肖来说就是如此〕。同一的
语言会在文学中到处流通、使用，进入其背面。如此，书本就被写书的人从
反面来理解，再无所谓诗人或小说家的存在，而只剩下书写本身[2]。

注释

[1] 参看 Gérard Genette：《二十世纪的修辞学与教学》（*Rhétorique et Enseignemènt au XXe siècle*），刊载于《年鉴》杂志（*Annales*），1966 年。

[2] "诗歌、长篇小说、短篇小说是一些再不能，或者几乎不能骗人的奇异古董。为何要写诗歌和故事呢？只剩下书写而已。"〔J.M.G. Le Clézio：《发烧》（*La Fièvre*）前言〕。

1. 评 论 的 危 机

随着附加运动而来的是评论家成了作家。当然想成为作家并不是为了提高身分，而是为了存在。即使成为小说家、诗人、散文家或编史家是更为荣耀，但对我们来说又有什么重要意义呢？作家不应以他所扮演的角色或价值，而只应以某种**言语的自觉性**（conscience de parole）为特征，对他来说语言就成了问题，他体验到语言的深度，而不是它的工具性或美感。评论的著作因此应运而生，像狭义的文学作品一样供读者阅读之需。虽然这些作者本身就身分而言，只是批评家而非作家。假如**新批评**有什么实在性的话，它就在于：不是依赖方法上的统一，更不是依靠附庸风雅去维系，像一般人随便的议论，但在孤立的批评活动中，它从此远离一切科学的或社会机构的庇护，而肯定地成为一项名副其实的书写活动。以前批评与创作是被一个陈旧的神话隔离了，这个神话就是：**"无上的创造者与低微的侍从，二者都是必须的，但应该各就各位**，等等"，今天作家与评论家处于同样的困难环境中，面对着一个对象：语言。

我们知道这最后的违抗行为是很难被忍容的。虽然须为此奋斗，但可能已被另一个刚刚出现的、新的更新替代了。不只在评论方面开始这"书写的穿越"[1]，这可能成为我们这一世纪的烙印，而是整个知性话语也在经历着同一的遭遇。正如巴塔耶（Georges Bataille）①的洞察所没有忽略

---

① 巴塔耶（1817—1962），法国文学家，专门探讨色情和死亡，对当代文学有极大的影响。

的，4 世纪前，修辞学的奠基者罗耀拉（Ignace de Loyola）已经在《精神练习》（*Exercices spirituels*）中呈现了一种有别于三段论和抽象性的力量，为修辞学建立了一种戏剧化的话语模式[2]。此后，由萨德①到尼采，智力展示的规条被周期性地"烧毁"（brûlées）（取此词的双义：一个是焚烧，一个是超越）。这似乎成了今天公开争论的问题，智力通向了另一逻辑。它涉及纯粹的"内部经验"的领域：同一也是唯一的真实在自我探索，对任何的言语，无论是虚构的、诗意的或话语的而言，都是共通的，因为从此以后它就是言语本身的真实。当拉康谈论到这个问题时[3]，他在语言的领域中，以全面扩展的意象替代了传统的抽象观念。他不再把实例与意念分割开来，甚至认为这种方式本身就是真实。在另一方面，与通常的"发展"观念截然不同。列维-斯特劳斯在《生食与熟食》（*le Cru et le Cuit*）这本书中，提出一种新的**变化变异**（variation）的修辞理论，并由此得到一种形式的依据。这是一般人文科学中所罕见的。话语的言语，毫无疑问也正在发生变化，这本身就使评论家与作家靠近；我们是进入了**评论的普遍危机**（crise générale du Commentaire），或许与由中世纪过渡到文艺复兴时代在语言方面所留下的烙印很相似。

自从人们发现（或再发现）语言的象征性（或者可以说是象征的语言性）的时候起，事实上这种危机就是不可避免的，这就是今天在精神分析与结构主义相互作用下所产生的情况。古典—资产阶级社会长期以来把言语当作工具或者装饰，我们现在是把言语视为符号或真实，一切与语言有关的，都被以某种方式重新评价：哲学、人文科学、文学都是如此。

这无疑就是今天应重新决定文学批评的地位的辩论，也是争论的部分对象。作家与语言的关系如何？假如作品是象征性的，阅读应该遵循什么规律？能否有一个书写上象征的科学呢？评论的语言本身是否也是象征性的呢？

---

① 萨德（1740—1814），18 世纪末法国小说家，以描写性暴力著称。

注释

[1] Philippe Sollers:《但丁和书写的穿越》(*Dante et la traversée de l'écriture*),*Tel Quel* 第 23 卷,1965 年秋。

[2] "……就这样,我们看到了这个戏剧性字眼的第二个意义;亦即:在话语中所增添之坚持不加以说明的意愿,正如同为了要体会冷冽的风寒而情愿全身赤裸一般……基于这个理由,我们可以相信将 Saint Ignace 的'练习'运用到推论法则已是一个传统的误谬……"(《内部经验》,Gallimard,1954 年,第 26 页)。

[3] 在高等实用学校他的研讨班上。

2. 语言的多元性

作为一种体裁而言,私人日记就有两种不同的研究方法。一种是社会学家吉拉尔(Alain Girard)的方法,一种是作家布朗肖[1]的方法。前者把日记作为一种表达社会、家庭及专业等等多种状况的工具;后者则认为是在不安的状态下拖延命定孤独感的书写方法。所以日记至少有两种含义,但二者都是合乎情理的,因为它们都是协调的。这是一个平凡的事实,我们可以在批评史中或在对同一作品的各式各样的阅读中找到印证。至少事实证明作品可有多元意义。但只需要扩大一点史学的眼光,就能把这单一的意义演为多元意义,把封闭的作品化为开放的作品了[2]。作品本身的意义也在改变中,它不再是一历史事实,而是一人类学的事实了。因为任何历史都不可能把它完全表达。意义的变化并非由于人们的习俗的相对视角的不同而引起的,它并不指示社会的错误倾向,而是展示作品的开放性:作品同时包含多种意义,这是结构本身使然,并不是因为读者阅读能力的不足,因此它是象征性的:象征并不等于形象,它就是意义的多元性本身[3]。

象征是稳定的,只有社会的意识,和社会赋予象征的权利可以变动。在中世纪,象征的自由便被公认,并且以某种方式符码化了。正如我们在关于四种意义的理论[4]中所看到的那样;相反,在古典社会中①,对此却调节得

---

① 指17世纪。

不太恰当，象征被忽视或如它现在的幸存者那样被审查。象征自由的历史通常是极为残暴的史实，而这自有其意义；人们审查象征时，不可能不使它受到损害。无论如何，如果我们能这样说，这就是一个制度的问题，而不是作品的结构问题。无论社会是如何考虑或决定，作品会超越社会，靠着某种多少有点偶然性和历史性的意义轮流：因为一个作品的"永恒"并不是由于它把唯一的意义加诸于各种不同的人身上，而是因为它为唯一的人提供了不同的意义。人经历了多元的时间，但永远说着同一的象征性语言。总之，作品提示多元的意义，由人去随意支配。

任何读者都知道，假如他不想被字面意义所吓倒，他怎么会不感觉到与**超越**本文的某个东西有接触？就如作品的第一语言在他本身引发出其他的词语，并教他述说第二种语言那样，这就是人们所谓**梦想**(rêver)。但根据巴希剌的说法，梦想也有它所遵循的道路，作品的第二语言所勾勒出来的就是这样的道路。文学就是名词的探索。普鲁斯特就曾在**盖尔芒特**(Guermantes)这几个字音中发掘了整个世界。其实，作家都有这个信念，认为符号的存在并非任意性的，而名词来自于事物的自然属性。作家都是站在克拉底鲁(Cratyle)一边，而不赞成赫尔摩根(Hermogène)的意见①。**但是我们应该是作家怎么写就怎么读**(nous devons lire comme on écrit)。因而我们"颂扬"文学（"颂扬"也就是将其精义发扬光大）；假如词语只有一个意义，也就是说辞典上的意义，假如第二种语言没有扰乱或解放"语言的确定性"，那就没有文学了[5]。所以阅读的规例不是字面意义的规例，而是暗喻的规例，这就是语言学的(linguistiques)，而非语文学的规例(règles philologiques)[6]。

语文学实际上是为了确定叙述的字面意义，但毫不兼顾次要意义。相反地，语言学并非为了减少语言的模糊性，它只为了理解它，或者可以说是

---

① 克拉底鲁是柏拉图的《克拉底鲁篇》中的一个人物，他主张语言来自事物的本性，另一人物赫尔摩根则主张语言来自约定。

为了**建立**（instituer）这种模糊性，使这种模糊性变得**有章可循**。诗人很早以来已经懂得所谓**提示**（suggestion）或**引发**（évocation），语言学家就是这样开始接触这个问题，意图给浮动的意义一个科学的地位。雅可布森强调诗歌（文学）信息构成的模糊性。这就是说，这种模糊性不是指美学观点的诠释"自由"，也不是对其危险性作道德观点的审查，而是用符码使之形式化，把模糊性构成符码。文学著作所依附的象征语言**在结构**（par structure）上来说是一种多元的语言。其符码的构成致使由它产生的整个言语（整个作品）都具有多元意义。这种性质，在就本义而言的语言中，已经存在。它包含着很多人很想要指出的不确定性，这就是语言学家正开始在研究的问题[7]。但实用语言与文学语言相较，其模糊性就算不了一回事了。实用语言可以凭借其出现的**语境**（situation）而减少误解，在极模糊的句子以外，有一特定的上下文、动作或回忆可助理解，假如我们愿意在**实际生活中**（pratiquement）利用它要传达给我们的信息，就是凭借这些即情即景使其意义彰显。

但文学作品却并非如此，没有任何即情即景可做依据，或许，正是这一点最能说明它的特征：作品不受任何**语境**所环绕、提示、保护或操纵；任何现实人生都不能告诉我们作品应有的意义。作品虽然总有些可征引的什么东西，但它的不可确定性是绝对纯粹的。无论它是多么絮叨，但都具有预言的精简性（并非胡言乱语），言语虽然符合第一符码，但却允许多层意义的诠释，因为它的表述是在整个**语境**之外的——如有所限制，也是受制于这个模糊的**语境**：作品永远处于预言性的**语境**。当然在阅读作品时，加上**我的**语境，可减少它的模糊性（通常的情况正是如此）。但这**语境**是变动的，虽**构成**作品，却并不让我们找到作品。一旦我愿意接受这个建立作品象征符码的限制，它就不能表示反对我赋予著作的意义，也就是说，当我愿意把我的阅读纳入到象征范围时。不过，作品也不能证实这个意义，因为作品的第二符码是有限制性的：它也不指定意义之所在，因为它是循着意义的容量，而不是循着线条走的，它建立多种模糊性而非单一性的意义。

既无任何固定的**语境**,作品本身便可供读者去探索:在作者与读者前,作品变成一个语言问题,人们可感受它的本质,从而接触到它的限制。作品成了广泛的无休止的词语调查的信托者[8]。人们总希望象征只有想象的性质,其实象征本身也具有批评的功能,而批评的对象就是语言本身。哲学家给我们一个**理性批判**(Critiques de la Raison),我们今天也可以想象加一个**语言批判**(Critique du Langage),那就是文学本身。

　　但是假如作品借由结构包含了多元的意义,它应具有两种不同的话语:因为一方面我们可以在作品中看到一切意义,或者是同一回事,看到一个空的而又能支撑一切的意义;另一方面我们又能看到在众多意义中的一个意义。这两种话语不应被混淆,因为它们的对象不同,结果也不同。这种普通话语的对象,不是这个意义,而是著作的意义的多元性本身。我们可以建议建立**文学的科学**(science de la littérature)或者书写的科学;而另一种**文学批评**(critique littéraire)则公开地、冒险地试图给作品一种特殊的意义,这种区别其实也不是妥善无缺的。意义的赋予,既然可以是表达出来的,也可能是不表达出来的,因此人们就把作品的**阅读**(lecture)与对作品的**评论**(critique)分开。前者是直接的,后者则是通过语言的中介的,那就是所谓批评的书写。**科学**、**评论**与**阅读**这三种言语都需要我们去探讨,才能环绕着作品编织一个语言的冠冕。

注释

[1] 吉拉尔:《日记》(*le Journal intime*, P. U. F. 1963);布朗肖:《文学空间》(*l'Espace littéraire*,Gallimard, 1955 年,第 20 页)。

[2] 见 Umberto Eco 的《自由著作》(*l'Oeuvre ouverte*,Seuil, 1965 年)。

[3] 我并不是不知道**象征**在符号学里有一个完全不同的意思,相反地,在符号学的象征体系里,"可能出现单一的形式,每一表达单位与每一内容单位一一对应"。就符号学体系来说(语言、梦)是需要把"两种形式分别开来的,一种是表达的形式,一种是内容的形式,二者并不相同。"[N.Ruwet:《今天的普通语言学》(La Linguistique générale aujourd' hui),*Arch. europ. de Sociologie*,第 5 卷,1964 年,第 287 页]——很明显,根据这一定义,作品的象征是属于符号学而并非属于象征理论的,可是我在此暂时对**象征**一词取保罗·利科所给予的普遍意义,这就能满足以下讨论的需要了["象征之所以存在,是

因为语言产生一些程度复杂的符号，它不只是指明事物，而且提示另一意义，此意义只能在其追求的目的中，也只能通过其追求的目的才能达到。"《论诠释：关于弗洛伊德》（*De l'Interprétation, essai sur Freud*），seuil，1965 年，第 25 页］。

［4］字面的、寓言的、道德的和神圣的意义，它明显地从倾向性的意义过渡到神圣的意义。

［5］马拉美给 Francis Vielé-Griffin 的信："如果我依你的意见，你是把那诗人的创作天赋放在他该玩弄的那不完全的工具上；一种假定适合表达他思想的语言将会取代作者，事实上就是所有的人。"［J.P.Richard 所引，《马拉美的想象世界》（*l'Univers imaginaire de Mallarmé*），Seuil，1961 年，第 576 页］。

［6］近来有人数次指责新批评违背了教育的责任，这主要就是指导阅读的问题。旧修辞学重点似乎在于指导如何写作，它指定创作（模仿）的规例，而忽视了接受的规例。其实我们可以怀疑这样不会缩小阅读的范围而仅限制在一些规律上，善读就可能善写，也就是说依据象征去写。

［7］参看 A.J.Greimas：《语文教程》（*Cours de Sémantique*），特别是第 6 章关于话语的同位素。（Saint-Cloud 高等师范学院的打印讲义，1964 年）。

［8］作家对语言的调查：这一论题曾被 Marthe Robert 在有关卡夫卡的著作中提出和研究过［特别是在《卡夫卡》（*Kafka*）中，Gallimard，"Bibliothèque idéale"，1960 年］。

3. 文 学 科 学 化

我们有文学史，但没有文学科学，因为，无疑我们还未能充分认识文学**对象**的本质，它是一个书写对象。假如我们承认作品是由书写所构成（而由此得到结论），**某种**文学科学是可能成立的。文学科学的目的（假如有一天它能存在的话），不能不以一种意义加诸作品，并以此为理由，排除其他的意义。那样，它就会损害自己的名誉（正如它至今所处的境况一样），它不可能是一种有关内容的科学（只有最严谨的历史科学才可能这样），而是一种关于内容的**状况**的科学，也就是形式的科学。它感兴趣的，是由作品产生的生成意义，也可以说是**可生成**（engendrables）意义的变异。它不诠释象征，而只是指出象征的多方面功能。总而言之，它的对象并非作品的实义，相反地，是负载着一切的虚义。

文学科学的模式，显然是属于语言学类型的。因为语言学家不可能掌握语言的所有句子，所以他们就建立了一个**假设的描写模式**（modèle hypothétique de description），从此，他们就能解释无限句子的生成过程[1]。无论需做多大的修正，我们没有理由拒绝尝试把这一方法运用到文学作品的分析中来。这些作品本身十分类似于无数的"文句"，它们是通过某些转换规律而由象征的一般语言衍生出来的，而这些转换规律，又是以更为一般的方式，由关系到描写的某种有意义的逻辑而形成的。换句话说，语言学可以把一个生成的模式给予文学，这模式适用于一切科学的原则。因为科学就在于支配某些规律，去解释某些后果。因而文学科学的目的，不是为了说明某一意义应该或曾被接纳（再说这是历史学家份内的事），而是要说明某一意义为什么可能**被接纳**（acceptable），不是依据字面的语文学规律，而是根据象征的语言学规律进行说明。我们在这儿发现，在话语科学的层面上，当前语言学的任务是描写句子的**合乎语法性**（grammaticalité）而不描写句子的意义。同样，我们要努力描写的是作品的**可接受性**（acceptabilité），而不是它的意义。我们不把所有可能的意义分门别类，排列为一个可变的次序，而是追寻一个极广泛"有效的"（opérante）布局（因为它能使作品产生），由作家扩大到社会。跟洪堡（Humboldt）①和乔姆斯基（Chomsky）所假设的**语言能力**（faculté de langage）相对应，也可能有一种**文学能力**（faculté de littérature），一种言语的"能"。这种"能"与"天才"无关，因为它不是靠个人的灵感或意志，而是由与作者毫无关系的一系列规律的积聚而形成的。这不是缪斯（Muse）的神秘声音给作家提示的形象、意念或诗句，这是象征的重要逻辑，正是这些重要的虚形式，使说话和操作成为可能。

我们可以想象，当我们谈论到在文学作品中我们爱好或相信爱好的东西时，牺牲的经常就是**作家本人**。可是科学怎么能**单一**谈作者呢？文学科学只能跟文学著作**联系**，尽管它打上了神话的印记，但它并非神话[2]。我们一般倾向于相信，至少时至今日，相信作家可以宣称自己作品的意义分辨，而且肯定他本人所说的意义是合法的，所以会使批评家无理的去向已故作家审问有关他的生平、写作动机，以便肯定其作品的含义。人们愿意不惜任何代价去让死者或他的代替物，比如他的时代、作品的体裁和词汇去发言，简而言之，作者生前的所有当代作品，即是借由已故作家在创作上的权利所握有的一切形迹。人们甚至要我们等待作家过世以后才去"客观地"处理他的作品，真是奇怪的倒置！只有等到作品变成神话的时候，我们

——————————

① 洪堡（1767—1835），德国语言学家。

才应该把它作为确切的事实看待。

作家的去世还有另一种重要性：它使作者的署名虚化，作品变成神话。用轶事的真实去印证象征的真实[3]是徒劳无功的。群众的感情对此并不陌生：观众是去看"拉辛"而不是去看"拉辛的一部作品"，犹如去看"西部片"一样，就像在一个星期的某一时刻到一个巨大的神话中去随心所欲地寻找些养料；观众并不是看《费德尔》(*Phèdre*)一剧，而是去看剧中的"贝尔玛"(Berma)，正如观众在《俄狄浦斯》(*Oedipe*)和《安提戈涅》(*Antigone*)剧中看到弗洛伊德、荷尔德林和克尔凯郭尔一样①。我们是抓到了真实，因为我们拒绝以死者来证实生者。我们使作品摆脱了去寻回作者写作动机的限制，我们又找到了意义中神话的震撼。抹掉了作家的署名，作家的去世就决定了作品的真实，而这个真实却是一个谜。无疑地，我们不能把"文明"的作品当神话——按照人种学上的意义——去处理。但信息的不同内容比作者的不同署名更为重要：作品是书写的。它使意义受到一定的限制，这是口头神话所不能理解的。我们面对的是一种书写神话学，它的对象并不是**决定了**的作品，也就是说附属于一个不变的过程，来源于某一个单独的人（即作者）的，而是**通过**一种特别的神秘的书写作品，人性(humanité)借此尝试去表达意义，也就是它的欲求。

人们应该同意，该文学科学的对象做一番重新的分配。作者与作品不过是分析的起点，分析的终极目的应该是语言。我们不可能建立一种但丁、莎士比亚或拉辛的科学，只能有一种关于话语的科学。根据所要探索的象征，这门科学可分为两大领域，第一个领域包括小于句子的各种符号，比如旧的转意、各种内涵现象和各种"不规则语义学"(anomalies sémantiques)[4]等等，总之一切文学语言特征的总和；第二个领域是指大

---

① 《费德尔》，拉辛最著名的剧作之一。贝尔玛，出演《费德尔》的著名演员。荷尔德林(1770—1843)，浪漫主义时期的德国大诗人。克尔凯郭尔(1813—1855)，丹麦哲学家，对存在主义影响极大。

于句子的符号，也就是话语部分，此中包括叙事结构、诗章和议论文章等等[5]。话语的大小单位明显地是出于一个整体关系之中（正如音位与词、词与句的关系一样）。但这些单位的构成是独立于描写层次上的。利用这个方法，文学的本文可供**肯定**的分析，但这些分析会明显地在方法所及的范围外留下一堆巨大的残渣。这些残渣相当于我们今天所公认为作品中不可少的东西（个人的天分、艺术技巧、人本思想），除非我们对神话的真实还能重新提起兴趣与爱好。

这门新兴的文学科学所具有的客观性并非建立于直接的作品上（这是属于文学史或语文学的范围的），而是建立在作品的可理解性上，一如音位学不需反对语音学的经验实证即取得了一种新的语音意义的客观性（不只限于其物质的声音）。同样，我们可以有一个象征的客观性，它不同于字面意义的客观性。对象所提供的是实体限制，而非意义的规律。作品的"语法"并非写成作品的言语语法，而新科学的客观性所依靠的是后者而非前者。文学科学感兴趣的并非作品的存在与否，而是作品在今天或未来会被如何理解，其可理解性将是它的"客观性"的源泉。

所以我们应摆脱这种意念：即认为文学科学能告诉我们作品的确切意义。它不赋予（donnera）、更不能**找到**（retrouvera）任何意义，而只述说，按照什么逻辑来说，意义是由人类象征的逻辑以可**接受**方式而生成的，就如法语的句子被法国人的"语感"所**接受**一样。在我们有可能建立话语的语言学之前，当然还有一段很长的路要走。这种话语语言学（linguistique du discours）是一个真正的文学科学，它与文学对象的语言性质是相符的。因为就算语言学可帮助我们，但它也不能单独去解决，这些新对象所提出的，是关于话语部分和双重意义的问题。它特别需要历史的协助，历史会告诉我们第二种符码（比如修辞符码）的寿命（通常是很长的）。它也需要人类学的辅助，人类学允许凭借不断的比较和整合，来描写能指（signifiants）的普通逻辑。

注释

[1] 我自然想到乔姆斯基的作品和转换语法的主张。

[2] "神话是一种言语,它似乎没有真正的发出者,但却要保证内容和愿意承担意义,所以令人迷惑。"[L.Sebag,《神话:代码与信息》(*Le Mythe*:*Code et Message*),《现代》(*Temps modernes*)1965 年 3 月]。

[3] "对个人荣辱的判定在身后比在生前公允,因为只有在死后他才能得到充分的显示……"[卡夫卡:《乡村婚礼的准备》(*Préparatifs de noce à la campagne*),Gallimard,1957 年,第 366 页]。

[4] T.Todorov:《不规则语义学》(Les anomalies sémantiques),发表于《语言活动》(*Langages*)杂志。

[5] 故事结构分析是高等实用学校整体通讯研究中心现下基本研究对象(根据 V.Propp 与列维-斯特劳斯)——关于诗学的信息:见雅可布森:《普通语言学论文集》(*Essais de Linguistique générale*),Minuit,1963,第 2 章和 Nicolas Ruwet:《诗歌的结构分析》(L'analyse structurale de la poésie)[《语言学》(2)(*Linguistics* 2),1963 年 11 月]。同时可参看列维-斯特劳斯和雅可布森的《波德莱尔的猫》[《人》(*l'Homme*),Ⅱ,1962 年 2 月]及 Jean Cohen 的《诗歌语言的结构》(*Structure du langage poétique*,Flammarion,1966)。

4. 批　　评

　　批评并非科学；科学是探索意义的，批评则是产生意义的。批评如人们所说，在科学与阅读之间占有一个中介地位，它给予阅读的纯言语一种语言，又给予形成作品、探索科学的神秘语言一种言语（虽然这只是众多的言语之一）。

　　批评与作品的关系，就如同内容与形式的关系一样。批评不能企图"翻译"（traduire）作品，尤其是不可能翻译得清晰，因为没有什么比作品本身更清晰了。批评所能做的，是在通过形式——即作品，演绎意义时"孕育"（engendrer）出某种意义。假设批评者读到的是"Minos 和 Pasiphaé 的女儿"①，他的作用并不是去建立有关《费德尔》的一切（有关这点，语文学家已做得很好了），而是根据随后我们就要讲到的某些逻辑要求，构思一个意义网：在此中，地府与太阳等主题占据着它们的位置。批评者把多重意义重叠起来，他让第二种语言飘荡于作品的第一种语言之上，双重（dédouble）批评的意思就是说使多种符号协调一致。总之，它涉及一种变形影像，当然，一方面作品并非一纯粹的反照（作品并不像苹果或箱子那样是反射的对象），另一方面变形影像本身是一种屈从于视角的**限制**转换：一切反省过的都得**全部**转化，转化有某些规律要遵循，而且永远向着同一方向转化，这

---

① 费德尔是 Minos 和 Pasiphasé 的女儿，在神话中是善与恶的矛盾结合。

就是批评的三大限制。

批评者不能**"信口雌黄"**（n'importe quoi）[1]。控制他的意图并非害怕精神上的"极度兴奋"（délirer），首先是因为他让别人去负起断定理性与非理性的卑微任务，即使在这两者的区分也引起问题的年代也是如此[2]，再者，"极度兴奋"的权利至少已从洛特雷阿蒙（Lautréamont）①起被文学征服了，批评者只要根据诗意的动机（只要批评稍微声明一下）便完全可以变得"极度兴奋"，可能就是明天的真实：泰恩在布瓦洛（Boileau）眼中，卜蓝（Georges Blin）在布匀逊（Brunetière）眼中岂非显得"发狂"（délirant）吗？②不，假如批评者要说些什么（非胡言乱语），他就是把一种有意义的功能加于言语（包括作者和本人的言语），其结果是，批评者使作品引起的变形（对此任何人也没有能力避免）受到意义形式的限制：我们不能随意捏造意义（如你有怀疑，大可试试），对批评的审核结论并非来自作品的意义。

批评的第一个制约就是把作品中的一切都看成有意义的。一部语法如果不能解释**所有的**句子，就不是写得很好的语法；一个意义的体系如果不能把**所有的**言语都排列在可理解的位置上，那就是一个不完整的系统，只要有一个特征是多余的，描述便不合理想。这个语言学者所熟识的**穷尽性**（exhaustivité）规律，不是人们想要强加于评论者的那种统计控制[3]，而是别有意义的。一个固执的意见，再一次来自于所谓物理科学的模式，提示批评者只能抓住那些常见的、重复的成分，否则他便被指斥为**过分地概括**（généralisations abusives）和**"反常的推论"**（extrapolations aberrantes）。人们会对他说，不能把在拉辛的两三个悲剧中出现的情境视为"普遍"（générales）的情境。我们应该再一次提到[4]，意义在结构上并非由重复，而是由区别所产生的，致使一个罕有的词语一旦在一个排斥或相关的体系

① 洛特雷阿蒙（1846—1870），法国作家，他批评语言的清明与运用下意识的困扰，使他成了 20 世纪文学革命的前驱。

② 布瓦洛（1636—1711），法国诗人、文学理论家。卜蓝，法国当代文评家。布匀逊（1849—1906），法国文学批评家。

中被发现,那么它跟一个常见的词语同样有意义,比如在法语中"baobab"(猴面包树)一词的意义并不比"ami"(朋友)一词更多或更少。能指单位(unités signifiantes)的分析是有作用的,语言学中有一个部门就是研究这个问题的。但所澄清的是**信息**(information),而不是**意义**(signification),由批评的角度看,它只能引导到末路上去。因为人们一旦开始根据出现的频率来决定一个标记的作用,或者以此来决定一个特征的确切程度,那么就要有方法去决定频率的高低:那么到底要依据多少部戏剧才有权去"概括"(généraliser)拉辛的情境呢? 五部、六部,还是十部? 是否要越过平均数才能使特征显现、使意义产生? 那么,应怎样去处理罕见的词语呢? 是不是以"例外"(exceptions)或者"偏离"(écarts)的婉转名义,把它们排除出去呢? 其实语义学可以避免很多的不合逻辑性,因为**概括**并不是量(由出现频率归纳特征的真实)而是质(把所有的词语,哪怕是罕见的,都纳入一个关系总体中去)的操作。当然,单是这样,一个形象不能产生想象[5]。但想象不能缺少这个形象,无论它是如何的脆弱、单薄,但却不可毁灭。批评语言中的"**概括**"与关系的广度有关,这种关系是标记的一部分。一个词语可能只在整个作品中出现一次,但藉助于一定数量的转换,可以确定其为具有结构功能的事实,它可以"**无处不在**"(partout)、"**无时不在**"(toujours)[6]。

这些转换也有它们的制约:那就是象征逻辑的制约。人们把新批评的"**极度兴奋**"与"**科学思想的基本规律或只是单纯的'清晰可辨'**"对立起来[7],这是愚昧的,能指是有它自己的逻辑的,当然人们对它的认识有限,且不容易知道它是属于哪种"知识"(connaissance)范围的,但至少是可以接近的,一如精神分析学与结构学所应用的那样。人们不能随便谈论象征,至少要有些模式——那只是临时性质的——可用来解释象征锁链是根据哪些手续建立起来的。这些模式可以避免旧批评家在看到把窒息与毒药、冰与火连在一起时感到震惊,这本身也是很令人惊讶的[8]。这些转换的形式已被精神分析与修辞学同时阐明[9];例如,狭义的替代(暗喻)、遗漏

（省略）、压缩（同音或同形异义）、换位（换喻）、否定（反用）。因而批评者所要寻找的有规律的而不是偶然的转换（如马拉美作品中的**鸟、飞翔、花、烟火、扇子、蝴蝶、女舞者**）[10]，它们可以相距很远，但仍有合法的关联[例如**静静的大河**（le grand fleuve clame）和**秋树**（l'arbre auto mnal）]，以致作品远非以一种"极度兴奋"的方式去阅读的，而是用一种越来越宽广的结合方法去深入理解的。这些联系是容易建立的吗？非也，看来不会比诗本身更容易。

书本自成一个世界。批评者在书本中所感受到言语世界一如作家在现实生活中感受的一样，正是在这一点上产生了批评的第三个制约。与作家相同，批评家赋予作品的变形影像也总是有方向性的。它应该永远向着同一方向行进。这个方向是什么呢？是人们令批评者头痛的"主观性"吗？人们通常所说"主观性"批评，是指批评者根本不理会**客体**，而完全依赖**主体**；（为了更有力地攻击），人们假定了这种批评只是个人感情的混乱、瞎说的表达。我们大可这样反驳：一个系统化的，也就是所谓**有文化教养的**（cultiveé）（源于文化的）主观性，虽然受来自作品象征的限制，但它或许比一个没有文化教养的、盲目的、如同躲藏在本性之后似的闪躲在字面背后的客观性更有机会接近文学的客体，但其实问题并不完全在此：批评不是科学，在批评中不需把客体与主体对立起来；处于对立地位的，应该是谓项（prédicat）与主体。我们可以以另一种方式表示，批评面对的对象并不是作品，而是它本身的语言。批评与语言有什么关系呢？应该从这个方面去探索——怎样给批评的"主观性"下定义。

古典批评家很天真地相信主体是"实"（plein）的，而主体与语言的关系就是内容与表达形式的关系，但凭借象征的言语，似乎使人体确立另一相反的信念：主体并不是一个个别的实体，人们可随意撤离，决定从言语活动中排除与否（根据所选择的文学"体裁"），而在一个虚无的周遭，作家编织一个变化无穷的言语（纳入一个转换锁链中），借此使**不说谎**（qui ne ment pas）的书写所表明的，不是主体内部的属性，而是它的虚无（absence）[11]。

语言并不是主体的谓项,具有不可表达性,或者用来表达别的事物,它就是主体本身[12]。我以为(我相信我不是唯一这样想的人)文学的定义正是如此:假如只是经由"形象"(images)去表达同样实在的主体或客体(如柠檬的功用一样),那么文学还有什么价值呢? 只要有违背良心的言语就足够了。象征的重要性是它不懈地表明我是**我的无**(rien du je)。批评家把它的语言加在作者的语言之中,把他的象征加到作品中去,他并不为表达而去"歪曲"(déforme)客体,他并不以此作为自己的谓项。他不断把符号扯断、变化,然后再重建著作本身的符号。信息被无穷地反筛着,这并非某种"主观性"的东西,而是主体与语言的融合,因而批评和作品永远会这样宣称:**我就是文学**。它们齐声唱和,正好说明文学向来只是主体的虚无。

当然,批评是一种有深度的阅读[或可更进一步:**一种定型的阅读**(profilée)],能在作品中发现某种可理解性,在这方面,它确实是在解码,并具有一种诠释的性质。可是,它所揭露的不可能是所指(因这所指不停地消退为主体的虚无),而只是一些象征的锁链,一些关系的同系现象(homologies)。它真正给作品的"意义",最终只是构成作品的一堆花团锦簇的象征。当批评家从马拉美的鸟和扇子中抽出一个共通的"意义",即一**种往复来回**(aller-et-retour)和**潜在性**(virtuel)时[13],他并未指出形象最终的真实,而只揭示一个新的、本身也悬而未决的形象。批评并非翻译,而只是一种迂回的说法,它不能自以为找到作品的"实质"(fond),因为这实质就是主体本身,也就是说一个虚无。一切隐喻都是无实质的符号,大量的象征过程所表示的,正是这种远离所指的东西:批评家只能延续而不能削减作品的隐喻。再者,假如作品中还有一个"藏匿"(enfoui)或"客观的"存在的所指,那么,象征只是一种婉转的措辞,文学只是一种掩饰,而批评就只是一种语文学。把作品阐释得通体透明是无用的,因为如果这样,**随即**就没有什么好说了,而作品的功能也只是封住了读者的嘴。但在作品中找寻它要说而未说的,为它假设一个最终的秘密,那是可行的。但这个秘密一旦被揭示,也就再无可复加了:因为无论人们怎样议论,作品仍**一如雏**

初，语言方面、主体方面、虚无方面，都是一样。

批评话语的标准就是它的**适当性**（justesse），如音乐一般，一个和谐的音符并不一定就是一个准确无误的音符，乐曲的"真实"（vraie）归根到底，取决于它的适当性，因为它的适当性是有齐唱或和声构成的。批评也不例外，要保持真实，就得适当。要尝试根据**"确切的心灵演出"**[14]自己的语言，重建作品的象征情状。说实在的，否则它便不能"尊重"作品了。在两种情况下，象征不同程度地消失了一半。第一种情况我们已提到过，那就是否定象征，把作品有意的轮廓化为平淡无奇的虚假的字面意义，从而把作品封闭在一个重言式的死胡同中。第二种情况则与此正好相反，它强调要科学地解释象征，一方面明言作品可解码（即承认作品是象征的），但另一方面这种解码所采取的又是一种本身也是字面的、浅薄的、没有蕴涵的言语，企图以此阻止作品的无穷的隐喻，想在这阻止过程中获得作品的"真实"（vérité）：旨在进行科学的（社会学的或精神分析学的）象征批评就属于这种类型。正是在作品方面与批评方面，语言的任意消失使得象征也消失了。有意削减象征与只看到字面意义一样，也是一种极端。**我们应让象征去寻找象征**，让一种语言去充分表达另一种语言：这样最终才能尊重作品的字面意义。这样拐弯抹角并不是徒劳无功的，它使批评回归到文学，它可抵抗一种双重的威胁：谈论作品其实就是倾向于空言（瞎说也好，沉默也好），或在一种物化的言语里，最大限度在字面意义方面，使得自信已找到了的所指动弹不得。在批评的领域里，只有批评者对作品的"诠释"与他对自己的言语一样负责时，才可能会有准确的言语。

面对文学科学，批评虽然有所管窥，但仍是非常无能的，因为它不能像利用一件东西或工具那样去支配语言。**它不知道对文学科学而言应坚持什么**，虽然人们把这种科学只看成纯粹的"陈述"（exposante）（而非解释），但它仍觉得与科学有距离。批评者所陈述的，只是语言本身而非它的对象，但这距离并非完全无用，它刚好使批评去补充科学的不足，我们可概而言之曰："**反讽**"（l'ironie）。反讽并不是别的什么东西，而只是由语言对语言所提出的问题[15]。我们习惯给象征一个宗教的或诗意的视野,使我们看不见象征的反讽性,这是语言的外表的、公开的夸张,使语言成为问题的一种方法,面对伏尔泰贫乏的反讽——一个太自信、太自我陶醉的言语产物——我们可想象另一种反讽,这儿没有更好的称谓,就把它名为**巴洛克**(baroque)吧。因为它玩弄形式而非注重人物,因为它使言语开展而非减缩[16]。为什么这种反讽在批评上被禁用呢? 当科学与语言的地位未确定前,或许它就是被遗留下来唯一的、最严肃的言语,而今天的情况似乎就是如此。反讽就是批评举手可及的方便法门:不是如卡夫卡所说的那样去观看真实,而是去实践真实[17]。如此我们便有权向批评家要求:**不是要你让我们相信你说的话,而是要你让我们相信你要说这些话的决心**。

注释

[1] 比卡对新批评的指控,同前引书,第 66 页。

[2] 是否应提醒一下:疯癫有一段历史——而这段历史还没有结束?〔Michel Foucault:《疯癫与无理性》(*Folie et Déraison*),《古典时期的疯狂史》(*Histoire de la Folie à l'âge classique*), Plon,1961 年。〕

[3] 比卡,同前引书,第 64 页。

[4] 参看巴特《关于列维-斯特劳斯的两部作品:社会学和社会逻辑学》(A propos de deux ouvrages de Claude Lévi-Strauss: Sociologie et Socio-logique)[《社会科学信息》(*Informations sur les Sciences sociales*),联合国教文,1962 年,I,4,第 116 页]。

[5] 比卡,同前引书,第 43 页。

[6] 比卡,同前引书,第 19 页。

[7] 比卡,同前引书,第 58 页。

[8] 比卡,同前引书,第 15、23 页。

[9] 参看 E.Benveniste 的《关于弗洛伊德所发现的语言功能的几点看法》(Remarques sur la fonction du langage dans la découverte freudienne)[《精神分析学》(*La Psychanalyse*),No.1,1956 年,第 3~39 页]。

[10] 李沙尔,同前引书,第 304 页以下。

[11] 这可以看作是拉康博士在高等实用学校研讨班所讲授的内容的一个被歪曲了的反响。

[12] 比卡说:**"主体就是无从表达。"**(Il n' est de subjectif que l'inexprimable,同前引书,第 13 页)。这就把主体与语言的关系处理得太草率了,比卡之外的其他"思想家"(penseurs)把这个问题看得特别困难。

[13] 李沙尔,同上引著作,Ⅲ、Ⅵ。

[14] 马拉美:《抛骰子从来不排除偶然》(Un coup de dés jamais n'abolira le hasard)的前言,《全集》,Pléiade,第 455 页)。

[15] 如果说在批评家与小说家之间存在着某种关系的话,批评的讽刺对作为创作对象的语言本身与小说家的讽刺与幽默,基本上是没有多大分别的。根据 Lukacs, René Girard 和 L.Goldmann 的看法,这种幽默留下了小说家如何超越人物心理的印记[参看 L.Goldmann:《小说的社会学问题导言》(Introduction aux problèmes d'une sociologie du roman)《社会学研究所杂志》(Revue de l'Institut de Sociologie), Bruxelles, 1963, 2,第 229 页]——不用说这讽刺(或自嘲)从来不为新批评的敌对者所察觉。

[16] 贡哥拉文体(gongorisme),这个词历来的意思总是含有反思的因素,通过语调可有许多变化,由演说到单纯的戏谑。过分夸大的形象都含有一种对于语言的反思。所以文章的严肃性能被感受到。[参看 Severo Sarduy:《关于贡哥拉》(Sur Góngora), Tel Quel]。

[17] "不是人人都能看见真实,但所有人都可能看到……"(卡夫卡)。Marthe Robert 所引,见前引书,第 80 页。

5. 阅　　读

　　还有一个最后的幻象要打破：批评家不能代替读者。就算他是如何值得被尊敬，假如他自以为可以毛遂自荐——或甚至被邀请——去为别人的阅读代言，假如他自以为自己只不过是一个读者，凭借他的学识和判断能力，他是其他读者感受的委托者，总之，是代表了群众对作品的某种权利，这些都是徒劳无功的。为什么呢？因为就算我们承认批评者是一个写作的读者，这也只是说明在他前进的路上会遇到一个令人生畏的中介：书写。

　　写作其实只是想把（书本）世界拆解又再把它重建的某种方法。我们可回想一下，在中世纪是如何按习惯深入而仔细地去调整书本（上古的宝藏）和负责以一种新语言重建书本（绝对尊重）的人的关系的。今天我们只有历史学家和批评家（有人甚至不适当地想说服我们把二者合并为一）。但中世纪却就书本的问题建立了四种不同的职务：**抄写者**（scriptor）（一字不加地抄写），**编纂者**（compilator）（不加任何己见），**评论者**（commentator）（只为加强可理解性而加上己见），最后是**诠释者**（auctor）（只根据权威说法加上己见）。这个系统的唯一目的，显然是为了"忠实"于古籍，也即众所公认的唯一"书"〔可想象中世纪对亚里士多德或普里西安（Priscien）①的"毕恭毕敬"〕。可是这个系统却产生了对古代的一种理解，这种"理解"被现代

---

① 　普里西安，6 世纪拉丁文文学家。

派群起指责，又被我们"客观"的批评家认为是完全"极度兴奋"的理解。其实批评的念头应自**编纂者**开始的：不必给本文加上己见使其"走样"（déformer），只需引述，亦即剪接就可，一个新的可理解性自然而生：这可理解性或多或少是可被接纳的，但又不是法定的，批评家只是个**评论者**，他就是不折不扣的评论者（这已足以让他大显身手了）：因为一方面他是一个传递者，他传送历史材料〔通常是很需要的，因为最终说来，拉辛不是有赖普雷（Georges Poulet）吗？ 魏尔伦（Verlaine）不是要感谢李沙尔（Jean-Pierre Richard）吗[1]?〕另一方面他也是一个操作者，他把作品的因素重新分配，以便增加某种可理解性，亦即某种距离。

批评者和读者间的另一种隔离是：人们都不知道，一个读者怎样和书本**对话**，但批评者却一定要有一种"语调"（ton），而这语调，总之是肯定的。批评者可以私下怀疑和忍受百般折磨，由最可察觉之点到最恶意的审查，但最后还是要向一个充实的书写、即所谓肯定的语调求救。假装巧避制度是可笑的，而这个制度是靠谦恭、怀疑或谨慎的异议而构成整个书写的。没有例外，这就是符码化的符号，跟别的符号一样，书写就是**述说**（déclare），而这正是它之所以为书写的特质。它们不可能提供什么保障，批评怎可以问心无愧地去质问、祈愿或置疑？ 因为它就是书写，而书写正好就是要碰上避免、交替出现真伪问题的危险书写权威，如果能找到的话，就是一种表态，而非一种肯定或者满足：这只是一个行动，一个在书写中保持着的小小行动。

这样"接触"（toucher）本文，不是靠视觉而是靠书写，在批评与阅读间挖了一条鸿沟，就如一切意义把能指与所指分隔在两岸一样，因为由阅读给予作品的意义，好像所指一样，没有任何人能知道，或许这意义作为一种欲望是在语言符码之外建立起来的。只有阅读喜爱的作品，与它建立一种欲望的关系。阅读是对作品的欲求，是要融化于作品之中，是拒绝以作品本身的言语之外的任何其他的言语来重复作品的：只有评论才能产生纯阅读，要不就是仿作（比如说普鲁斯特就是一个阅读的爱好者与仿作者）。由阅读到批评是欲望的转移。欲求的不是作品,而是它自身的语言。但这也算是把作品转移到书写的欲求上,而作品也是由此脱颖而出的。这样,言语围绕着书本回旋:**阅读、写作**,一切文学都是这样,从一个欲望转移到另一个。多少作家不是为了被阅读而写作?多少批评家不是为了写作而阅读?他们使书本的两个侧面,符号的两面接近了:由此只得到一个同一的言语。批评只是这个过程中的一瞬间,我们踏进去,它把我们带向统一——也就是书写的真实。

注释

[1] 赖普雷:《关于拉辛的时间的注释》(Notes sur le temps racinien)[《关于人类时间的研究》(*Etudes sur le temps humain*),Plon,1950]——李沙尔:《魏尔伦的平淡无奇》(Fadeur de Verlaine)[《诗歌和深度》(*Poésie et Profondeur*),Seuil,1955]。

译名对照表

Absence 虚无

Achille 阿基列

Adler 阿德勒

Alain Girard 吉拉尔

Albertine 爱尔贝蒂娜

Andrée 安德蕾

Andromaque 安德罗玛戈

Antigone 安提戈涅

Archéo-critique 古批评

Aristote 亚里士多德

Athalie 阿塔丽

Auctor 诠释者

Bachelard 巴什拉

Bataille 巴塔耶

Baron 巴诺

Baroque 巴洛克

Berma 贝尔玛

Benda 本达

Bérénice 珮累尼斯

Blanchot 布朗肖

Blin 卜蓝

Boileau 布瓦洛

Brunetière 布匀逊

Cayrou 凯鲁

Chomsky 乔姆斯基

Chrysale 克里扎尔

Classement 语言分类

Classicisme 古典主义

Claude Lévi-Strauss 列维-斯特劳斯

Clarté 明晰

Code 符码

Cohérence psychologique 心理统一性

Commentator 评论者

Compilator 编纂者

Conscience de parole 言语的自觉性

Corneille 高乃依

Cratyle 克拉底鲁

Critiques de la Raison 理性批判

Critique du Langage 语言批评

Critique litteraire 文学批评

Dante 但丁

Déméirios de Phalère 法雷尔

Ecriture 文字

Enfoui 藏匿

Eriphile 叶里菲勒

Exterieur 外在性

Exhaustivite 穷尽性

Freud 弗洛伊德

Faculte de langage 语言能力

Faculte de litterature 文学能力

Fond 实质

Gisèle 吉赛儿

Goût 品味

Gucrmanies 盖尔芒特

Hölderlin 荷尔德林

Humanité 人性

Humboldt 洪堡

Jakobson 雅可布森

Jargons 行话

Junie 朱尼

Kierkegaard 克尔凯郭尔

Lacan 拉康

Lautréamont 罗泰蒙

Lemercier 勒梅谢

Linguistique 语言学

Linguistique du discours 话语语言学

Loyola 罗耀拉

Lucien Febver 费弗尔

Mallarmé 马拉美

Malthusianisme 马尔萨斯主义

Marx 马克思

Merleau-Ponty 梅洛-庞蒂

Modèle hypothétique de description
假设的描写模式

Molière 莫里哀

Montaigne 蒙田

Muse 缪斯

Mythologique 神话的

Néron 尼禄

Nisard 尼札尔

Nietszche 尼采

Nouvelle critique 新批评

Objectivité 客观性

Oedipe 俄狄浦斯

Opérante 有效的

Oreste 欧瑞斯提

Papous 巴布亚人

Phèdre 费德尔

Philologigue 语文学的，文献学的

Picard 比卡

Poulet 普雷

Positiviste 实证主义的

Proust 普鲁斯特

Psychanalytique 精神分析的

Psychologie behavioriste 行为主义的
心理学

Psychologie classique 古典心理学

Psychologie courante 通用心理学

Psychologique psychanalytique 精神分析心理学

Racine 拉辛

Rhéiorique 修辞学

Richard(Jean-Pierre)李沙尔

Rimbaud 兰波

Romantique 浪漫主义的

Sade 萨德

Saint-Marc Girardin 圣马克·吉海丹

Science de la littérature 文学的科学

Science du discours 话语科学

Scriptor 抄写者

Sémantique 语义学

Shakespeare 莎士比亚

Situation 语境

Structuralisme 结构主义

Sur-moi 超我

Taire 泰恩

Tératologie 畸胎学

Titus 泰特斯

Topologie 拓扑学

Verlaine 魏尔伦

Voltaire 伏尔泰

Vraisemblable 拟真

Yiddish 意第绪语

图书在版编目(CIP)数据

批评与真实/(法)罗兰·巴特(Roland Barthes)
著;温晋仪译.—上海:上海人民出版社,2016
ISBN 978-7-208-13907-7

Ⅰ.①批… Ⅱ.①罗… ②温… Ⅲ.①新批评派-研
究-法国 Ⅳ.①I565.095

中国版本图书馆 CIP 数据核字(2016)第 142410 号

责任编辑 赵 伟
封面设计 朱鑫意

批评与真实

［法］罗兰·巴特 著 温晋仪 译

出 版 上海人民出版社
　　　　(201101 上海市闵行区号景路 159 弄 C 座)
发 行 上海人民出版社发行中心
印 刷 上海商务联西印刷有限公司
开 本 890×1240 1/32
印 张 2
插 页 3
字 数 51,000
版 次 2016 年 7 月第 1 版
印 次 2022 年 1 月第 4 次印刷
ISBN 978-7-208-13907-7/B·1195
定 价 28.00 元